In neuer Rechtschreibung

1. Auflage 2008

Gesamtherstellung: Westermann Druck Zwickau GmbH
ISBN 978-3-401-45347-7

www.arena-verlag.de

Im Reich der Drachen

mit den Geschichten:

Lilli und der chinesische Drache

Lilli und das Ungeheuer von Loch Ness

ZEBRA

Vorgeschichte

Lilli sieht zwar aus wie ein gewöhnliches Mädchen, aber das ist sie nicht. Eines Tages nämlich findet sie unter ihrem Bett ein dickes, verstaubtes Zauberbuch und einen grasgrünen Minidrachen, der es bewacht. Keine Ahnung, wie die beiden dahin gekommen sind. Der kleine Drache heißt Hektor. Er wird Lillis bester Freund. Vor allem aber zeigt er ihr, wie sie durch Zeit und Raum fliegen und überallhin gelangen kann. Sie braucht sich einfach nur ein spannendes Ziel aussuchen, im Zauberbuch den richtigen Zauberspruch auswählen und schon sind die beiden an einem sagenhaften Ort gelandet. Und mit einem magischen Amulett kann sie dort zaubern. Aber die Zauberkraft des Amuletts ist nicht unendlich und ihre Zeit auch nicht. Das führt manchmal zu ziemlich aufregenden Abenteuern . . .
Also, los geht's!

Lilli und der chinesische Drache

Geschichte: Annett Stütze
in einer Bearbeitung des TV-Originals

Lilli, Leon und Mama sind auf dem Weg zum Omabesuch. „Wie schön, dass ihr da seid!“ Oma drückt die drei zur Begrüßung an ihre dicke Brust und Mama schaut sich neugierig in Omas Wohnzimmer um. Oma lacht nur, als sie Mamas ungläubige Blicke sieht. „Chinesische Wochen! Ich habe mal ein paar Mitbringsel von unseren Weltreisen hervorgekramt.“

„Von wegen langweilige alte Oma“, murmelt Hektor und schaut sich aus Lillis Tasche einen gefährlich funkelnden Drachen an. Oma erzählt gerade von ihm: „Der mächtige Fucanlong war der Bewacher der verborgenen Schätze . . .“ Später denkt Hektor laut nach: „Oma meint, die Chinesen haben die Große Mauer gebaut, um sich vor Drachen zu schützen . . .“

„Genau. Weil man ja auch mit einer Mauer fliegende Drachen abhalten kann“, spottet Lilli. „Ob es funktioniert hat?“, überlegt Hektor. „Komm, ich will wissen, ob es noch Drachen gibt!“
Lilli holt das Zauberbuch hervor.

„Chinga, chingai, weg sind wir zwei!
Reisen wie im Traum, durch Zeit und durch Raum!“

Und schon beginnt die Reise.

„Hilfe, Überschwemmung!“, quiekt Hektor, als sie in einem Baum landen und hinunterschauen. „Du wasserscheuer Sofadrache! Das sind doch nur Reisfelder“, lacht Lilli und springt herunter. Gleich machen sie sich auf den Weg ins nächste Dorf. Hektor versteckt sich lieber erst einmal, denn vielleicht fürchten sich Chinesen ja vor Drachen.

„Hallo, mein Name ist Lilli", stellt sich Lilli im Dorf vor. „Und wie heißt du?"
„Hallo, Li-Li", antwortet der Junge. „Ich habe viele Namen. Aber im Dorf nennt man mich meist nur den Drachenteepflücker."
„Gibt es denn Drachen hier?", fragt Lilli.
Der Junge schaut sie ungläubig an.
Hektor steckt seine Nase aus der Tasche.

„Drachenalarm!“, schreit da der Junge und rennt davon. Bevor es sich Lilli und Hektor versehen, ist das ganze Dorf geflüchtet. Rums! Alle Türen und Fenster werden fest verriegelt. „Siehst du . . .!“
„Hektor“, unterbricht ihn Lilli, „die sind nicht vor dir davongerannt!“
„Das kannst du gar nicht wissen“, murmelt Hektor beleidigt.

„Dann schau mal nach oben!“
Über das Dorf hat sich ein riesiger Schatten gelegt.
Ein Drachenschatten!
Schnell versteckt sich Hektor wieder in der Tasche.
Elegant fliegt ein riesiger Drache am Himmel und ab und an stößt er eine Feuerwolke aus.

„Schnell, Hektor“, ruft Lilli, „ein Zauberspruch! Wir müssen dem Dorf helfen.“
Doch Hektor schlottert so vor Angst, dass er nicht einmal mehr zaubern kann. Nach einer Weile fliegt der Drache auch ohne Zauberspruch weg.
„Na also“, prahlt Hektor. „Als echter Drache kann ich den großen auch so vertreiben!“

Der Teepflücker traut seinen Augen kaum, als er Lilli mit Hektor sieht. „Ist das ein echter Babydrache?“

„Ein echter Drache, ja“, antwortet Lilli.

„Aber doch kein Babydrache!“, schreit Hektor.

„Und sprechen kann er auch!“

Der Junge staunt. „Li-Li, du bist eine echte Drachenzähmerin!“

„Aber das ist doch nur der harmlose Hektor!“, lacht Lilli. – „Harmlos?“, schnaubt Hektor empört und versucht, eine Feuerwolke zu spucken. Inzwischen haben auch die anderen Dorfbewohner Hektor und Lilli entdeckt. „Li-Li ist eine echte Drachenzähmerin“, staunen sie. Und dann laden sie Lilli und ihren kleinen Drachen zum Essen ein.

Beim Essen erzählen die Dorfbewohner Lilli und Hektor von dem großen Drachen, der in den nahen Bergen haust.
Das ganze Dorf lebt in Furcht und Schrecken vor ihm! Ob Lilli und Hektor dem Dorf helfen können?
Doch auch die beiden fürchten sich ein bisschen vor dem riesigen Drachen.

Als Lilli zum Nachtisch ihren Glückskeks öffnet, liest sie: „Konfuzius sagt, du musst weit gehen, um deine Heimat zu finden.“

Da nickt der Dorfälteste. „Li-Li, das Glück lächelt dir zu. Dir wird es gelingen, den Drachen zu zähmen.“

Und schon ist es beschlossen, dass Lilli und Hektor auf Drachensuche gehen.

Also machen sich die beiden am nächsten Tag auf den Weg zur Drachenhöhle.
Aber wohl ist ihnen bei der Sache ganz und gar nicht.
„Hektor, wir müssen was tun“, überlegt Lilli. „Der Drache war so groß . . . und fliegen konnte er auch. Wie wäre es, wenn du dem Drachen ähnlich wärst . . . wenn wir dich groß zaubern?“

„Super Idee." Hektor ist sofort begeistert. „Ich will auch groß und stark sein. Und vor allem will ich einen richtig langen Schwanz!"
Also fangen sie an zu zaubern:

„Vor dir, großer Zauber, ziehen wir den Hut.
Mach Hektor groß und stark seinen Mut."

Und schon verwandelt sich Hektor mit Zauberkraft in einen elefantengroßen Riesendrachen.

„Sieh dir nur das an!“, staunt Hektor und pufft ein mittelgroßes Feuerwölkchen.
Und dann noch eins.
Und noch eins. Er ist so begeistert von seinen Wölkchen, dass er gar nicht mehr aufhören kann.
„Hallo, Feuerdrache! Wir müssen endlich weiter!“, drängt Lilli.

„Hier muss es sein", flüstert Lilli, als sie am Drachenberg ankommen.
„Komm endlich raus, du Drachenniete!", röhrt Hektor und stößt die Türen auf. Seine neue Größe ist ihm etwas zu sehr zu Kopf gestiegen. „Los zeig dich, du Drachenfeigling!", brüllt er noch einmal.
„Psst, leise, du verärgerst sonst noch den Drachen!", zischt Lilli.

Doch da hat Hektor schon auf den schweren Gong am Eingang geschlagen. Der Gongschlag lässt den ganzen Drachenberg erzittern. Jetzt muss der Drache kommen!
„Wir haben doch nicht ewig Zeit, du Schlafdrache", brummt Hektor ungeduldig und beginnt, sich in der Drachenhöhle umzuschauen.

„Familienfotos", kichert er. „Die kommen mir bekannt vor. Da ist Mama, da Tante . . ."
„Wer wagt es in meine Höhle . . .", donnert da eine tiefe Stimme. – „. . . Tante Malodora?", piepst Hektor.
„Hektor? Bist du aber groß geworden!", ruft Tante Malodora.
„Das ist deine Tante?" Lilli ist überrascht.

„Ihh, ein Mensch!“, kreischt Malodora. „Hektor, du verrückter Drachenbub, du hast dir doch nicht etwa einen kleinen Menschen gezähmt?“ Doch bei einer Tasse stinkendem Schwefeltee freundet sich Hektors Tantchen schnell mit Lilli an. „Ach, wie ich die Familie vermisse“, seufzt die alte Tante. „Du kannst dir gar nicht vorstellen, wie einsam es hier ist.“

Später lassen sich Hektor und Lilli auf einem Drachenrundflug von Tante Malodora die ganze Gegend zeigen.
Lilli und Hektor können gar nicht genug bekommen. Von hier oben sieht alles ganz wunderschön aus. Stolz zeigt Tante Malodora ihnen alle Sehenswürdigkeiten und fliegt sogar bis zur Großen Mauer.

„Und diese Mauer sollte Drachen abhalten?“, fragt Lilli die Tante.

„Hihihi“, kichert diese. „Früher schon. Aber wir Drachen haben Magie! Und jetzt hält sie uns natürlich nicht mehr ab. Wir können ja inzwischen fliegen. Jetzt können die Menschen uns nichts mehr anhaben. Und ist es nicht schön hier?“

Vor den Menschen hat Tante Malodora aber immer noch etwas Angst. Aber in der Luft können sie ihr nichts anhaben. Deshalb achtet sie erst gar nicht auf sie.
Dass sich die Dorfbewohner ängstlich in ihren Häusern verstecken, hat Tante Malodora auf ihrem Flug durch die Wolken allerdings auch nicht bemerkt.

„Hat der rote Himmelsdrache eigentlich schon jemals einen von euch angegriffen“, fragt Lilli am nächsten Tag den Teepflücker.
„Nein, aber nur, weil wir immer schnell wegrennen.“
„Und hat der Drache schon einmal etwas gestohlen?“
„Nein, aber nur, weil wir immer alles verstecken.“

„Li-Li“, fragt der Dorfälteste am Abend Lilli besorgt. „Wie kommst du denn mit der Zähmung des wilden Drachen voran?“
„Sehr gut“, berichtet Lilli. „Er ist schon fast so zahm wie mein kleiner Hausdrache. Ich glaube, bald kann ich sie euch persönlich vorstellen. Sie ist eine sehr feine Drachendame mit guten Manieren.“

Beim nächsten Besuch in der Drachenhöhle gibt Hektor vor seiner Tante mächtig an. Seine Abenteuergeschichten sind haarsträubend. Aber Malodora ist beeindruckt.
„Ich wette aber, du traust dich nicht, die Kinder im Dorf auf deinem Rücken reiten zu lassen“, meint Lilli schelmisch. Malodora läuft bei dieser Vorstellung ein kalter Schauer über den Rücken.

„Natürlich, kein Problem!“, faucht Hektor. „Und für dich, Tantchen?“

„Echte Menschenkinder? Und dann auch noch ungezähmte? Das soll ich dir glauben?“, schnaubt Maladora.

„Natürlich“, prahlt Hektor. „Komm doch mit, ich zeige es dir!“ Sie stimmt schließlich zu. Doch ein bisschen fürchtet sich das Tantchen schon.

Als Lilli mit Hektor und Tante Malodora im Dorf ankommt, haben die Menschen erst große Angst.
Aber Lilli kann sie beschwichtigen. Und bald darauf flitzt der mutige Hektor wie ein Renndrache mit den lachenden Kindern auf seinem Rücken herum. Tante Malodora schaut verwundert zu. Und allen macht es richtig Spaß.

„Wer will auf dem Rücken des roten Himmelsdrachen mitfliegen?“, fragt Lilli. Nur der Teepflücker tritt vor. „Ich beiß dich nicht, wenn du mich auch nicht beißt“, sagt er schüchtern. Da muss sogar die ängstliche Malodora kichern. Zusammen unternehmen beide einen schwungvollen Rundflug und Malodora liefert den Teepflücker wieder bei seinen Freunden ab.

„Sie sind ja gar nicht so schlecht, wenn man sie erst einmal kennengelernt hat“, schmunzelt Malodora am nächsten Nachmittag beim Tee in ihrer Drachenhöhle und schaut den spielenden Kindern zu.
„Konfuzius sagt, alles ist gut, wenn es so endet“, verkündet da der Teepflücker philosophisch.
„Wer ist eigentlich Konfuzius?“, fragt Lilli.

„Na, ich bin Konfuzius“, lacht der Teepflücker. „Konfuzius sagt, die Menschen sind immer viel zu konfus.“

„Das ist ja konfus! Du bist Konfuzius? Alles klar“, lacht Lilli und sieht, dass es Zeit für die Rückreise ist. Und schon sind sie weg.

Der Teepflücker schaut verdutzt. „Konfuzius sagt, Konfuzius ist sehr konfus.“

Mit einem großen Krachen landen Lilli und
Hektor in ihrem Zimmer.
„Hektor, wie sind wir eigentlich . . .?“
Aber was ist denn das?
Lilli bekommt kaum Luft.
Der dicke Hektor ist auf ihr gelandet. Er füllt das ganze Zimmer aus. Keiner von beiden kann sich bewegen.

„Der Zauber soll aufhören“, ächzt Hektor. Zum Glück wird er ganz schnell wieder klein. Ein bisschen wehmütig pustet er ein allerletztes Rauchwölkchen.

„Frag gleich mal Mama, wann wir wieder zu Oma fahren!“, meint er nach einer Verschnaufpause.

„Bald!“, verspricht Lilli. Und wer weiß, was dann wieder für Abenteuer auf sie warten.

Lilli und das Ungeheuer von Loch Ness

Geschichte: Annett Stütze
in einer Bearbeitung des TV-Originals

Lilli hat eine neue Kamera bekommen und kann sogar selbst Fotos entwickeln. Fotostar Hektor zeigt sich nun in allen erdenklichen Posen. „Lilli“, ruft er, „wir könnten doch mal etwas knipsen, was noch niemand vor uns fotografiert hat! Wir fotografieren das Ungeheuer von Loch Ness . . .“ Davon hat Lilli noch nie gehört. Sofort schlägt sie in ihrem Zauberbuch nach.

„Ungeheuer von Loch Ness . . . See in Schottland . . . Spitzname Nessie . . .“ „Komischer Name“, kichert Hektor. „Welches ungeheuerliche Ungeheuer heißt denn schon so.“ Lilli hat gleich einen Plan. „Da reisen wir hin!“ Gemeinsam sagen sie den Zauberspruch auf.

„Chinga, chingai, weg sind wir zwei!
Reisen wie im Traum durch Zeit und durch Raum!“

Und schon sitzen sie am Ufer von Loch Ness. Hektor schaut sich um. „Sieht aus, als ob sich das Ungeheuer gut versteckt hat."
„Tja, dachtest du, das wird einfach", sagt Lilli. „Dafür brauchen wir Geduld und Spucke!"
„Geduld und was? Geduld ist was für Hosenpuper! Ich will Spaß und Abenteuer . . ."
Sofort probiert Lilli einen neuen Zauberspruch.

„Lass uns nicht zu lange in diesem Land,
'ne steife Brise weht an diesem Strand ..."

Und Hektor macht weiter:

„... drum lass uns hier nicht zu sehr schwitzen
und das Ungeheuer uns ... ähm ... im Nacken sitzen."

„Im ‚Nacken sitzen'? Was soll das denn bedeuten?" Lilli kann da nur den Kopf schütteln. „Es muss sich doch reimen ...", stammelt Hektor.

„Ich glaube, den Zauberspruch haben wir vergeigt“, seufzt Lilli. „Dann müssen wir uns eben was anderes überlegen. Huhu, haha, hoho!“, ruft sie und versucht so, Nessie aus dem See zu locken. Doch die ist längst nicht mehr im See. Der Zauberspruch hat nämlich gewirkt, ohne dass die beiden etwas gemerkt haben: Er hat Nessie ins Gebüsch hinter ihnen katapultiert.

Hektor stimmt in Lillis Gebrüll ein. „Muhu, mähä, kraha.“

Sie pfeifen, singen, schreien und machen alle Tiere nach, die sie kennen – aber nichts passiert.

Der See vor ihnen bleibt still. Nur hinter ihnen aus dem Gebüsch ertönt immer wieder ein leises Gekicher.

Plötzlich hat Hektor eine Idee:
„Um ein Foto von diesem Ungeheuer zu kriegen, bleibt uns wohl nur eine Möglichkeit: Wir müssen es fälschen!“
Er verkleidet sich mit Seetang und Algen und sieht selbst fast aus wie ein ungeheuerliches Ungeheuer. Und jetzt kann Lilli viele gute Fotos schießen.

Doch nun kann sich Nessie vor Lachen wirklich nicht mehr halten.

„Hey, wer lacht da so?“

Lilli und Hektor drehen sich um: Im Gebüsch hinter ihnen biegt sich das Ungeheuer von Loch Ness vor Lachen. Die dicke Nessie kann gar nicht mehr aufhören, so komisch findet sie die beiden!

„Keine Angst, wir wollen dir nichts Böses, wir wollen nur ein Foto . . .“, fängt Lilli an zu erklären. Nessie kichert. „Ihr seid die witzigsten Fotografen, die ich je gesehen habe! Wie schön, dass jemand einfach nur Fotos machen möchte. Seit einiger Zeit treibt sich hier nämlich eine gemeine Bande herum, die mich ständig in einem Unterseeboot verfolgt und fangen will“, berichtet Nessie.

„Heiliger Seetang, da sind sie ja wieder!" Und schon springt Nessie erschrocken auf, taucht in den See und jagt davon.
„Volle Kraft voraus, dahinten ist sie!", feuert Kapitän Hasenheck auf dem U-Boot seine Mannschaft an. Wie ein Blitz schießt das U-Boot hinter Nessie her und jagt sie quer durch den See. Arme Nessie!

Lilli und Hektor rennen hilflos am Ufer hin und her. Jetzt kann nur ein guter Zauberspruch helfen!
Schnell zaubern sie etwas ganz besonders Ungewöhnliches in den großen See . . .
„Steuerbord, backbord, nur nicht geradeaus!“, schreit der Kapitän, aber schon hat das U-Boot einen riesigen Eisberg gerammt.

„Heiliger Muschelfraß, was macht denn hier plötzlich ein Eisberg mitten im heißesten Sommer?“, flucht Hasenheck, als er sich den Schaden besieht.

„Was hat sich dieses schlitzohrige Ungeheuer nur wieder einfallen lassen? Aber warte nur, so schnell gibt ein furchtloser Hasenheck nicht auf.“

Mühsam schleppt die Crew das kaputte U-Boot in den Hafen im kleinen Dorf.
Bevor die Jagd weitergehen kann, muss es erst einmal repariert werden.
Hasenheck bellt ungeduldig seine Kommandos.
Schließlich will er endlich das berühmte Ungeheuer von Loch Ness fangen! Und das lieber heute als morgen.

„Augen auf, du junge Dirn! Du musst schon aufpassen, wohin ich gehe“, brummt der Kapitän, als ihm Lilli am Pier über den Weg läuft.
„Aber das ist doch genau das, was ich mache, Herr . . . Herr . . .“
„Hasenheck. Mein Name ist Hans Hasenheck, ich bin der größte Ungeheuerschreck. Und wer bist du?“

„Ich bin Reporterin Lilli und Ihr größter Fan, Herr Hasenkeck“, schwindelt Lilli.
„Hasenheck. Ich dachte schon, du suchst auch nur nach dem Ungeheuer. Denn damit ist bald Schluss! Ich habe Großes mit ihm vor!“
„Was denn?“, fragt Lilli.
„Es wird der Star meiner Show in einem riesigen Abenteuerpark!“

„Wirklich? Das ist ja unglaublich!“ Lilli überlegt einen Moment. „Darf ich Sie auf Ihr Boot begleiten, Herr Heckenhase?“

„Hasenheck!“

„Dann könnte ich ein Foto von Ihnen machen, zur Förderung Ihres Ruhmes . . .“, flunkert Lilli.

„Na, wenn das so ist, komm mit“, brummt Hasenheck.

„Das ist ja cool hier“, staunt Hektor, als sie endlich im U-Boot mitfahren.
„Das ist überhaupt nicht cool“, seufzt Lilli. „Weißt du denn nicht, was sie mit Nessie vorhaben? Sie wollen sie einfangen und in einen Käfig stecken.“
„Aber wieso denn?“ Hektor versteht gar nichts.
„Nessie soll die Attraktion in einem Abenteuerpark werden!“

In dem Moment meldet einer der Seemänner an den Navigationsgeräten ein Signal. „Ist nur ein kleiner Schwarm Fische", knurrt Hasenheck. Gründlich sucht die Mannschaft den Seeboden ab. Mit ihren Geräten können sie die kleinste Bewegung wahrnehmen.

„Käpt'n!", ruft einer der Seeleute. „Wir haben sie."

„Ja, da vorn ist sie!“, freut sich Hasenheck.
Und wirklich, es ist Nessie.
Sie haben sie gefunden! Jetzt wird nicht mehr gezögert.
„Hart steuerbord!“, gibt Hasenheck Kommando.
„Neuer Kurs und volle Kraft voraus!“
Die gesamte Mannschaft gibt ihr Bestes. Das U-Boot wird immer schneller.

Nessie ist noch ein ganzes Stück vom U-Boot entfernt, aber sie kann vor lauter Erschöpfung nicht mehr so schnell schwimmen. Zu lange schon ist sie von Hasenheck und seiner Mannschaft gejagt worden.
Außerdem hat Kapitän Hasenheck bereits alle ihre Verstecke entdeckt.
„Wir müssen etwas unternehmen!“, flüstert Lilli.

„Die arme Nessie ist schon ganz aus der Puste. Wir müssen ihr helfen!“
„Aber wie nur, wie?“ Hektor weiß auch keinen Rat. Hilflos schauen sich die beiden an.
„Was könnten wir diesmal bloß zaubern?“, fragt sich Lilli, aber da ist es auch schon zu spät. Schon gibt Kapitän Hasenheck Kommando, das Netz auszufahren.

Drohend senkt sich das Netz über Nessie, und ehe sie es sich versieht, ist sie gefangen.
„Jippiieh!“, freut sich die Mannschaft.
„Hurra!“, jubelt Hasenheck.
„Oh Schreck“, seufzen Hektor und Lilli.
Hasenheck hat es doch tatsächlich geschafft, das Ungeheuer von Loch Ness zu fangen.
Jetzt sieht es schlimm für Nessie aus.

Und nun sitzt die Ärmste im Käfig und soll in einem Vergnügungspark ausgestellt werden. Wie schrecklich!
„Huhu . . .“, schluchzt Nessie. „Was für ein unwürdiges Dasein für ein anständiges Ungeheuer“, jammert sie in einem fort.
Für Lilli und Hektor ist klar: Sie müssen der armen Nessie helfen!

Später an Land kommt ein Matrose zu Hasenheck. „Käpt'n, eine Dame aus dem Institut der Apathischen Schwulitäten will sie sprechen." „Der Aquanautischen Kuriositäten", stellt sich Lilli vor. Sie hat sich so verkleidet, dass Hasenheck sie nicht erkennt. „Ich bin Dr. Lilian Zauberhase und ich will ihre Behauptung prüfen, das Ungeheuer von Loch Ness gefangen zu haben."

„Natürlich habe ich das Ungeheuer gefangen. Das kann ich beweisen!“, prahlt Hasenheck. „Darf ich bekannt machen: Nessie, besser bekannt als das Ungeheuer von Loch Ness!“ „Ein netter Versuch“, winkt Lilli ab, nachdem sie einen kurzen Blick auf die weinende Nessie geworfen und ihr dabei zugezwinkert hat. „Aber das ist nicht die echte Nessie!“

„Also ehrlich, das ist das einzig wahre Original!", empört sich Hasenheck. „Wie Sie ja wissen, stammt Nessie von den Plesiosauriern ab und hat es als Einzige geschafft, die letzte Eiszeit zu überleben."

„Jaja, die Pleitesaurier und die Eiszeit, natürlich. Immer dieselbe Theorie", schmunzelt Lilli. „Nur gibt es mit ihrem Beweis ein kleines Problem."

„Ein Problem?“, fragt Hasenheck ganz verdattert.

„Ja, denn ich muss ihnen leider mitteilen, dass das Institut für Aquanautische Kuriositäten bereits im Besitz der echten Nessie ist.
Das hier ist das einzig wahre Ungeheuer von Loch Ness!“ Und damit präsentiert Lilli den verdutzten Hektor.

Und ehe Hasenheck es sich versieht, hat Lilli den Riegel von Nessies Käfig zurückgeschoben und diese kriecht flugs in den See zurück. Endlich ist sie wieder frei!
„Das hier ist nur eine arglistige Täuschung“, erklärt Lilli dem verwirrten Hasenheck. „Solche Täuschungen und Betrügereien sehen wir leider immer wieder.“

„Und das soll die echte Nessie sein?“ Hasenheck ist enttäuscht. „Und dann auch noch Flügel! Dieses Minimonster ist doch viel zu kümmerlich, um auch nur einen Touristen anzulocken.“
„Wie dem auch sei, es war mir ein großes Vergnügen.“ Bevor Hasenheck Luft holen kann, hat Lilli den empörten Hektor wieder geschnappt und ist mit ihm verschwunden.

„Ich kann euch gar nicht genug danken!“ Nessie ist überglücklich. Doch Lilli schaut unruhig auf ihr blinkendes Amulett. „Wir müssen nach Hause. Aber dürfen wir noch ein Foto von dir machen?“ „Für dich, Lilli, stehe ich ganz besonders still.“ Nessie stellt sich in ihre schönste Pose. „Und lächeln . . .“, ruft Lilli. Aber als Nessie die Augen wieder aufmacht, ist sie allein.

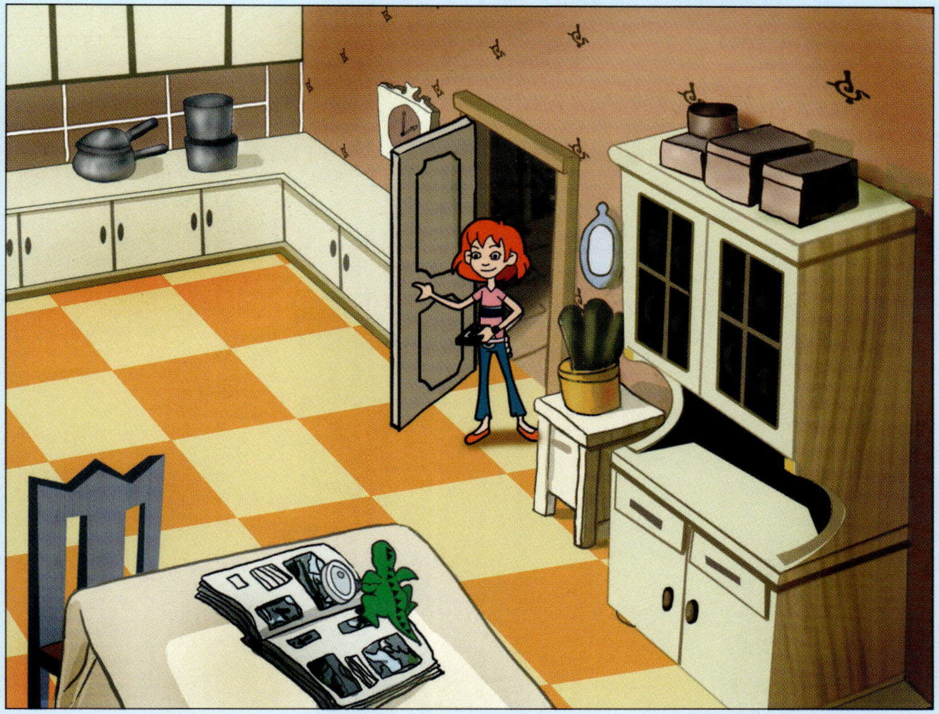

„Ob die Bilder etwas geworden sind?“
Zu Hause beginnt Lilli sofort, die Fotos zu entwickeln.
„Und?“ Hektor ist ungeduldig.
„Ich bin mir nicht ganz sicher“, schmunzelt Lilli als sie aus der Entwicklungskammer kommt. „Das ist ein ziemlich seltsames und schauriges Ungeheuer.“

Lilli hält etwas geheimnisvoll hinter ihrem Rücken versteckt. „Aber seit der Erfindung der Fotografie ist das hier das beste Foto der einzigen und wahren Nessie!“, lacht sie.
Und damit zeigt sie ein echt gelungenes Foto des verkleideten Hektor.
Ist er nicht mit Abstand das allernetteste Seeungeheuer der Welt?

Gehe auf
Abenteuerreise!
Nr. 3/2008 Deutschland € 2,80 Österreich € 3,10 • B/L € 3,20 • Schweiz sfr 5,50 • Italien € 3,90
Das offizielle Magazin
Hexe Lilli
Lesen * Lernen * Lachen
NEU!
Immer mit tollen EXTRAS
NEU
Ab 5. März jeden Monat im Handel
Erlebe mit Hexe Lilli immer die spannendsten Abenteuer und tauche ein in faszinierende Welten
© 2008 Trixter Productions GmbH & Co.KG/Vivatoon (Hector) Inc., a subsidiary of Vivatoon Inc./ Magma Films Ltd.

ISBN 978-3-401-**45348**-4

ISBN 978-3-401-**45349**-1

ISBN 978-3-401-**45350**-7

Erlebe spannende Abenteuer mit Lilli und Hektor auf DVD!
Hexe Lilli
Concolino
Hexe Lilli
Lilli wird Piratin
Lilli und der Goldrausch
9
CONCORDE
Concolino
Hexe Lilli
Lilli im Koboldland
Lilli und der Zauberkünstler
10
CONCORDE
Concolino
Hexe Lilli
Lilli und der Meisterdetektiv
Lilli und Frankensteins Monster
11
CONCORDE
Concolino
Hexe Lilli
Lilli und die drei Musketiere
Lilli und König Artus
8
CONCORDE
Noch viele weitere geheimnisvolle und zauberhafte Geschichten gibt's auf DVD!
Mit tollen DVD-Booklets zum Spielen und Basteln!
© 2006 Trixter Productions / Vicotnon Oletuel / Magma Filme
www.concolino.de
Concolino
Das Beste gegen Langeweile!
CONCORDE
HOME ENTERTAINMENT
EIN UNTERNEHMEN DER TELE MÜNCHEN GRUPPE